ST. ROSEMARY COLLEGE

聖薔薇書院

推理七公主

CASE

5

假會長蒙面人
之合謀

作者　　　　繪畫
卡特 × 魂魂SOUL

目錄

聖迷迭香書院
高中部學生會

登場人物介紹

總務
張綺綾
〈巨蟹座＊O型血〉

資優生，從一萬多個報考者中脫穎而出，以全科滿分的成績考獲全額獎學金入學。擅長推理和觀察，對眾人聲稱擁有「超能力」不以為然。

會長
林紫晴
〈獅子座＊A型血〉

一旦決定了的事情就不會改變，有效率，但固執，不擅交際。她也是聖迷迭香書院裡的權力核心，只要她決定了的事，就會變成事實。

副會長
林紫語
〈獅子座＊A型血〉

和會長是孿生姊妹，比會長開朗、實際和易相處，掌握學生會的所有事務，是師生們的好幫手。她聲稱跟姐姐一樣，擁有「心靈相通」的超能力。

秘書
郭智文
〈水瓶座＊B型血〉

作男性打扮，像影子般一直陪伴在會長左右。她有超乎常人的辦事效率，經常在會長開口前就已完成任務。聲稱擁有「過目不忘」的超能力。

宣傳
司徒晶晶
〈金牛座＊O型血〉

身型嬌小，經常穿著可愛的服裝，但思想實際老成穩重。她是消息最靈通的人，也最多朋友、最多人信賴。聲稱擁有「讀心」的超能力。

司庫
曾樂盈
〈處女座＊A型血〉

對科技和理科的了解非常深入，認為所有事情都「有因有果」，只要弄清前因後果，就能解構世界。聲稱擁有「預知未來」的超能力。

福利
阮思昀
〈雙魚座＊AB型〉

非常博學，通曉古今文學、電影、文化和哲學。性格文靜，不過一旦談到她喜歡的話題就會停不下來。聲稱擁有「隱形」的超能力。

羅勒葉高校
學生會

鄭宇辰
天秤座＊A型血

鄰校羅勒葉高校學生會
的會長，和會長姊妹家
族是世交。對小綾萌生
了情愫，在聯校舞會上
表白，即場被拒絕了。

陳非凡
天秤座＊O型血

羅勒葉高校學生會副會
長，明明有著一副不良
少年的樣子，但卻又架
著一副文學氣息十足的
眼鏡，感覺有點矛盾。

推理學會三人眾

舒洛

偶像是福爾摩斯(Sherlock
Holmes)；中二病，認
為自己是名偵探，但
她的推理大多只是推
測或者幻想。

嚴卉華

體育健將，身高175cm，
同時是籃球、排球還
有田徑校隊隊員；惜
字如金。

白菲菲

天然呆，經常不在狀
況，聽不到大家講話；
聽到的時候，會發出
屬害的吐糟。

我是林紫語

　　八年前的一月三日，是聖迷迭香書院小學部冬季假期後第一天的上課日子。當楓糖熱香餅香氣從大廳餐桌上飄來之際，早就起床了的一對孿生小姊妹，在管家由美的照顧下開始梳洗。

　　學園內最大家族的兩名千金，那年九歲的林紫晴和林紫語，住在全校園區最豪華的宿舍內，並有著最一流的管家團隊，照顧她們的衣食住行。

　　管家由美是一個四十多歲，作男性裝扮的成熟女性，一邊捧著姊妹二人今天要換洗的衣服，一邊監督著她們刷牙洗臉不可以馬虎。

　　聖迷迭香書院小學部沒有要穿制服的規定，

同學們都可以穿便服上學。今天紫晴和紫語的服裝是兩件一模一樣的黑色連身裙，既舒適，又大方得體。

紫晴梳洗完畢，看著這件漂亮的連身裙，開心地把它穿上，但紫語看著這件連身裙，卻顯得面有難色。

「由美小姐，我不想穿這件衣服。」紫語噘著嘴，向由美表示不滿。

「這件衣服有甚麼問題嗎？太窄？還是有毛頭沒清乾淨？」管家由美用溫柔的聲音說。

「衣服沒有問題，只是我不想老是和姊姊穿同樣的。姊姊不會覺得很奇怪嗎？每天我們都穿得一模一樣。」紫語抱著那件黑色連身裙，轉過身去看著紫晴。

那有甚麼問題？
我們是攣生姊妹嘛，不是一般都會這樣嗎？

　　紫晴已經站在門口，沒把妹妹的話放在心上，因為她的心思都放在楓糖熱香餅上了。

　　「這當然有問題了，我想自己選衣服啊！我不要老是和姊姊你一樣！」紫語繼續嘟著嘴。

「衣服是女主人親自挑選的，這樣吧，不如紫語你致電給她，直接提出意見？」管家由美還沒說完那個「見」字，手上已經捧著一部室內無線電話，準備給紫語使用。

紫語知道由美只是聽媽媽的吩咐做事，要改變母親想法的話，這通電話還是一定要打的。於是，紫語拿過室內電話，快速地按下了號碼。

電話接通了，「喂，媽媽？」

「嗯？你是紫晴？還是妹妹？」話筒內傳來媽媽的聲音。

「我是紫語，媽媽，我有個請求。」紫語知道媽媽很忙，所以很快就說到重點。

「是甚麼？有事的話你直接對由美說就好，我現在有個董事會要開，沒時間和你玩啊。」

「很快的，媽媽，我不想老是和姊姊穿同樣的衣服了，我可以自己選上學的衣服嗎？」紫語用懇切的語氣說。

「嗯⋯⋯可以啊，但今天來不及了吧？我會叫由美之後讓你自己選衣服的。」

「多謝媽媽！」紫語的表情變得非常愉悅。

「那我先掛掉電話囉，你要乖啊。」

「知道。」於是紫語就穿上衣服，出去大廳和姊姊一起享用那份楓糖熱香餅了。

第二天早上，由美還是一如以往，在清晨時來敲紫語房間的門。早就醒來了的紫語，打開房門，跟由美打過招呼後，就已經嗅到從大廳傳來英式班尼迪蛋的香氣。紫語最喜歡英式班尼迪蛋的了，特別是那種淡黃色，淋在班尼迪蛋上的荷

蘭醬，每次這道早餐端出來，紫語都可以快速地把它吃個清光。

　　紫語心情開朗地衝到洗手間去梳洗。當她洗到一半時，睡眼惺忪的紫晴姍姍來遲，也到了洗手間開始梳洗。

　　這時由美去拿了新一天的換洗衣物進來。那是兩件一模一樣的淡黃色上衣，配上米色的娃娃裙。

「由美小姐，媽媽沒跟你說我今天可以自己選衣服嗎？」紫語不解地問。

「沒有啊，今天的衣服也是女主人挑選的，她還特別跟我說紫語你不喜歡昨天那種色調，所以

今天才換成了淺色系的衣服啊。」管家由美立刻回答紫語的問題。

「昨天在電話裡，媽媽明明答應我可以自己選衣服的！」紫語不忿地回答。

「我沒有收到這個指示，你要不要再打電話給女主人問清楚？」

「不用了，裙子給我！」紫語明白媽媽已經忘了昨天的承諾，再糾纏下去，只會讓忙碌的媽媽討厭自己，有些問題，如果結果不似預期的話，最好還是自己找方法解決。

紫語一手從管家由美手上把衣服搶過來，並且回到自己的房間，在工具箱內拿出家政課時用過的剪布專用剪刀，把淡黃色的上衣由長袖剪短，變成了七分袖；然後再把米色的娃娃裙裙襬剪散，

把它變成了一條截然不同的裙子。

　　紫語把這兩件自己改好的衣服穿在身上，雖然從房間內的全身鏡可以看到，左右兩邊袖子的長度有點不一，而裙襬剪碎了的效果也並非很滿意，但是，紫語非常喜歡這套衣服——至少，它和姊姊的衣服是不同的。

　　紫語深深地吸了一口氣，穿著這套和姊姊那套不同的衣服，打開自己的房門，直接就走到大廳去吃早餐，英式班尼迪蛋和上面的荷蘭醬好像比起平日更加

美味了。

今天煮這頓早餐的是與紫語同年的智文，年紀輕輕的她就成為了管家由美的弟子，幫忙照顧著紫晴和紫語的起居飲食，也跟她們一起入讀聖迷迭香書院小學部。

「咦？」智文看出紫語的裙襬改造過了，紫語看見智文的反應後，非常得意，嘴角禁不住就微微向上翹。

吃過早餐後，紫語和紫晴一起回到學校上課，今天的第一節課是班會會議，老師把今天的議程用大大的字寫在黑板上，那就是「推舉年級代表」。

「作為年級代表，要參加各種校務會議，把大家的意見呈交向校方，你們有自願者嗎？」老師問完，目光掃向班房內的每一個同學。

當大家都還沒弄清楚這究竟是甚麼一回事的時候，就有兩個長得差不多一模一樣的少女舉起雙手。而紫語舉手時間，比紫晴還快了那麼的一點點。

「是紫晴你們兩姊妹嗎？還有沒有其他人想當？」老師再一次用目光橫掃班房內的同學們。

同學們都一片寂靜，身為校園內最大家族的兩名千金要當這個年級代表的話，其他人也不會出來競爭。

「只有你們姊妹二人就好辦了，這個職位的職務是相當繁重的，絕對需要一名副手去幫助她；

那麼紫晴你身為姊姊，就由你去當今年的年級代表，然後妹妹就作為副手好好地幫助她吧！」老師還沒問過二人，就擅自作出決定。

「唉，老師你連我的名字都記不起嗎？」紫語用只有自己才聽得見的聲音嘟噥著。

「紫晴，就這樣決定囉，你要帶領妹妹和大家做出好成績，知道嗎？」老師舉起單手，激昂地說。

「知道！」遲鈍的紫晴當然不知道自己妹妹的心情，爽快地接受了任命。

紫語也明白，無論是老師、管家由美甚至是媽媽眼中，她們兩姊妹都是一體的。沒有甚麼林紫語，就只有林紫晴的妹妹。但事實是，她是一個獨立的人，她希望被發現、被重視，或許現在

大家還是沒法分辨紫晴和紫語，但只要她繼續努力，做得更好，就會有人可以明白，姊姊和她是兩個完全獨立的個體。

當天回到宿舍後，紫語把自己關在房中，好好地冷靜一下，然後到了晚飯時間才離開房間，準備到大廳吃飯。在途中，她經過衣帽間的門外，卻聽到衣帽間內傳來了奇怪的聲音。

紫語把衣帽間的門打開，發現智文正躲在衣帽間內，用針線和剪刀修改衣物。

「智文，你在做甚麼？」紫語以為智文今早發現了她衣服的秘密，要把她的衣服改回和姊姊一模一樣。

「是紫語嗎？我在幫你改衣服啦，一套一套的改，領口、袖口、鈕門這些地方就最容易讓人看

出分別了。」智文也沒有抬頭看紫語，一邊縫起袖口，一邊直接回答。

「你怎知道我不是紫晴？」

「單聽聲音就知道了啊。」智文還是沒有抬起頭來。

「多謝你。你改得比我改的漂亮多了！」紫語拿起一件已修改好褲腳的牛仔褲，完美的手藝就和專業的裁縫沒兩樣。

「不用謝，只要努力，一定會有更多人記得你名字的。」智文把剛改好的另一件衣服遞給紫語。紫語知道智文聽到了今天自己在班房的嘟嚷，滿不好意思地紅著臉，低下了頭。

　　時間來到八年後的九月一日，這時紫語、紫晴和智文都已經十七歲，她們一起升讀聖迷迭香書院的高中部二年級。今天是上學的第一天，在上個學年，她們入主了高中部的學生會，紫晴成為了會長，紫語是副會長，她們二人都十分活躍，智文則是她們的秘書，負責一切繁瑣的雜務。

　　只有三個人當然不夠，她們還找來了幾個得力助手，包括人緣甚好的司徒晶晶擔任宣傳，理科達人盈盈出任學生會的司庫，還有文學少女思昀負責福利。她們六人組成的學生會的聲望如日中天，紫晴和紫語姊妹組合在校園是偶像級的存

在，而學生會眾人亦是大家仰慕的對象。

學生會的眾人還有一個不成文規定，大家都以為自己擁有「超能力」，紫晴和紫語是「心靈相通」，智文是「過目不忘」，晶晶是「讀心術」，盈盈是「預知未來」，思昀是「隱形」。當然，超能力是不存在的，只是眾人間圈內玩笑的一種。

上學的第一天，大家都特別早回到學校，大家一邊用專用的杯子喝著智文泡的 Countess Grey 黑茶，一邊聊天。

紫語用手機打開今年的入學名冊，逐個逐個地瀏覽今年入學的高一新生，發現今年居然有人不是由初中部升學，而是從外部招生而來。聖迷迭香書院是一家貴族學院，入讀的人，不是家勢顯赫，就是有過人的能力。

　　這個特別的新生是後者，她經歷了無窮無盡的面試和各種學科考試後，在一萬多個報考生中脫穎而出，以全科滿分的成績成為了今年唯一一個獲得全額獎學金的學生，她的名字叫做張綺綾。

於是紫語就獻計，要讓張綺綾加入學生會，最後一如她們預期，成功招攬了小綾成為學生會的總務。

而小綾就在開學日加入學生會後的當天，就破解了班主任失蹤的謎團，並且證實了聖迷迭香書院有人工智能教師；亦因為這樣，小綾被紫晴稱為「天才推理少女小綾」，而學生會眾人也順勢組成了「推理七公主」的團隊。（編按：詳見第一集〈開學日班主任失蹤案〉）

聖迷迭香書院和羅勒葉高校這兩間毗鄰的友校，樹立於一個風景怡人，卻甚為偏遠的郊區，所以除了校園和宿舍之外，兩校中間還共享著一個商業區，分別服務兩校的師生，是學生放學後的好去處。這個區域中，各種商舖、戲院、卡拉

OK、娛樂設施，應有盡有。

　　而商業區內發生的所有事，不論是商業糾紛、服務投訴，甚至是衛生清潔，這一切一切的事務，都由兩家學校的學生會共同管理。不過話雖如此，由於兩校加上商業區都已經營了不短的時間，已很順暢，因循就可以了，要處理的事務其實也不多。

　　聖迷迭香書院的學生會自小綾加入之後，處理這些事務時更是如魚得水，無往而不利，一般調查工作在「天才推理少女小綾」面前全都像是 1 ＋ 1 般簡單，往往只需要有一點點的線索，小綾就可以把問題全盤解決。

　　但也不是萬試萬靈，在十月中的時候，學生會在受委託要追查一宗書店的偷竊案，雖然小綾很快就找到偷書的羅勒葉高校學生，卻發現了案

中有案，事情並不單純，犯人背後還有一個幕後黑手。

羅勒葉高校實行「學分制」，每個星期日校方會根據當星期的測驗總排名來分配學分給同學們，同學在商業區只能用學分購物，最低分的學生會連三餐溫飽都成問題，這種制度非常有問題，也很不公平。

該幕後黑手之後以蒙面的姿態搶劫了商業區內的一家麵包店，紫語帶著文學

少女思昀到達現場，思昀發現蒙面男是在模仿村上春樹的小說情節來犯案，並以小說的後續來預測出蒙面男接下來的目標是商業區內的麥當勞。

(編按：詳見第二集〈襲擊麵包店的模仿犯〉)

　　紫語當時就有點猶豫，擔心這是一個陷阱，但姊姊快速地調配好各人的工作，自己也不便作聲反對，只好看著情況，再幫助姊姊解決問題，就像紫語在這八年來一直做的方法一樣。

　　眾人到達了現場，才發現那果然是陷阱，學生會一行五人被蒙面男捉到一個密室囚禁起來，雖然最後靠小綾的計謀讓其他人發現把她們救出，不過大家在密室裡面被囚禁的幾天裡，還是吃了不少苦頭。

　　小綾在密室內同時解開了蒙面男藉案件佈下

的暗語，蒙面男要求學生會和他合作，「建造更美好的世界」，但這個提議還沒經過討論，就被紫晴一下子獨斷否決。

紫語覺得很奇怪，明明是姊姊的錯誤決定才讓大家被困在密室裡，為甚麼事後整個學生會都沒有人再提這事呢？明明是因為羅勒葉高校有著一個不公平的學分制度，才令到蒙面男要來尋求幫助，為甚麼學生會連討論都不討論一下，就立刻拒絕蒙面男呢？至少可以好好地問一下他為甚麼要這樣做吧？「建造更美好的世界」，聽起來未必是一件壞事吧？可能蒙面男是有一點不擇手段，但他的的確確地讓紫語明白到，羅勒葉高校那個學分制度的可怕，會導致部分學生挨餓的情況，應該值得拿出來談一談吧？

但紫晴沒有這樣做，她直接就代表紫語，加上整個學生會斷言拒絕了蒙面男。

到了十二月，兩校學生會開始準備一年一度的聯校聖誕舞會，在第一次的會議中，紫語無意中聽到了小綾和羅勒葉高校學生會副會長阿煩的對話。

他們在討論關於「自由」的話題，小綾在話語中設下陷阱，説「自由」雖然重要的，但爭取自由時不可以傷害到別人。阿煩沒有中計，直接回答「自由」是與生俱來的，不用爭取。（編按：詳見第三集〈捍衛自由大作戰〉）

紫語聽到這段對話後，就明白了小綾是在懷疑阿煩就是蒙面男，而阿煩則以一個不置可否的答案含糊地想蒙混過關；單單就阿煩逃避問題這點，紫語就可以猜到他有很大的機會就是蒙面男了。

當天晚上，紫語一個人睡在床上，思考關於阿煩和蒙面男的事，她拿出手機，在聯絡人中找到阿煩的手機號碼，然後寫了一個短訊傳給他。

「我也有興趣建設一個美好的世界。」

可是一直等到了第二天早上，紫語也沒有收

到阿煩的回覆。

　　紫語起床梳洗，卻遲遲不見紫晴的蹤影。這時候，智文衝進洗手間來尋求紫語的幫助，原來紫晴被母親勒令要和羅勒葉學生會的會長阿辰訂婚，而得知消息的紫晴把自己鎖在房裡。

　　智文和紫語衝到房間外敲門，紫晴都沒有回應。房內不時傳來紫晴的抽泣聲，紫語打了個手勢，和智文一起到大廳去。那天，她們沒有吃早餐、也沒有上學，一整天在商量和思考如何才可以阻止這次訂婚。紫晴根本就不喜歡阿辰，又怎能就這樣嫁給他呢？

　　但就在這時，紫語的電話有短訊傳來，她小心翼翼地別過身去，然後解鎖電話，確保智文看不到這封短訊的內容。

「今天晚上六時，你一個人來商業區中的畫廊找我吧。」阿煩回覆的短訊，是這樣寫著的。

畫廊下的秘密基地

　　一直到了放學時間後，紫晴還是沒有踏出過房間半步，放在房間外的午餐文風不動。

　　「姊姊，我們談一談好嗎？」紫語再一次走到紫晴的房間門外，輕輕地敲著門。

　　「紫語嗎？我決定好了，如果媽媽是這樣堅持的話，我就和阿辰訂婚好了。」紫晴隔著房門回應。

　　「你不可以這樣啊！你憑甚麼就想一個人承擔這件事？反正只是要有個人和阿辰訂婚吧，我也可以去啊！」紫語說完，用拳頭狠狠地敲向房門。

　　「你不行，因為媽媽點名的是我，不是你。」

「媽媽根本一直就當我是你的附屬品，從來都沒正眼看我一眼！如果去訂婚的是我，她也不會發現吧！」紫語跪在門外。

「別傻了，媽媽一定知道是你假扮我的，而且這件事，我一個人來解決是最簡單的。」紫晴把門打開，把跪著的紫語扶起來。

「會長，小綾來找你了，應該是收到關於你訂婚的消息吧。」智文一邊向紫晴和紫語跑過來，一邊說。

「小綾？她想做甚麼？」紫晴真心不理解。

「她大概想阻止你吧？小綾一定有小綾的方法！」紫語也不明白。

「我已經決定了，我會和阿辰訂婚，這樣問題就可以解決！你們也好，小綾也好，都不要再管

這件事了！」紫晴決斷地説。

「姊姊！我不允許！我打電話去跟媽媽説！」紫語忍不住大喊。

「你喜歡吧，但我不覺得媽媽會因此改變主意。還有，智文，你替我跟由美小姐説，我不舒服，所以不會去見小綾。」紫晴下了決定後就走回房間裡，把門重新鎖起來。

紫語沒有理會急著跑去通知由美的智文，自顧自的拿起電話，撥打了媽媽的號碼。

「妹妹？你找我甚麼事？我很忙喔！」看到來電顯示的媽媽説。

「為甚麼你要姊姊和阿辰訂婚？」紫語用堅定的語氣質問母親。

「那是成人間的事，也和你沒關係吧？」

「但姊姊並不喜歡阿辰呀，你不可以這樣強逼她！」

「妹妹你喜歡阿辰嗎？」母親試探性地問道。

「為甚麼會這樣問？阿辰就是自小和我們一起長大的朋友呀！」紫語這回答剛出口，才發現自己已經錯失了拯救姊姊的機會。

「那就好啦，我要紫晴和阿辰訂婚是我們林家和他們鄭家之間的一個重要決定，而且紫晴已經同意了，阿辰同意也只是時間問題，妹妹你就不要插手了。」母親用平靜的語氣說，並在說完最後一個字後直接掛線，也不給紫語回答的機會。

紫語看著那個已經被掛線的手機，暫時想不到在紫晴被迫訂婚這件事上，她還可以做甚麼。她走到大廳去，看到管家由美正把小綾帶去書房，

紫語有點好奇，於是就走到保安室，從閉路電視
中看看小綾打算怎樣做。

　　小綾一個人留在書房中，細細地翻閱紫語母
親和阿辰父親兩本畢業相冊，紫語想不通小綾要
做甚麼，但直覺告訴她，小綾一定能像之前那樣，
找到拯救紫晴的方法。

　　紫語決定把這件事交給小綾。正因為她是紫晴的妹妹，所以在這件事上，她其實沒甚麼可以做的。剛才如果適時對媽媽撒謊，說自己喜歡阿辰，可能還有那麼一點點的機會。但現在，媽媽已經徹底地把自己排除在這件事以外了。 同一時間，紫語的手機收到一個由阿煩傳來的短訊。

　　「可以早點過來嗎？這邊的工作提早結束了。」

　　紫語看到短訊後，決定轉移目標，去查清楚蒙面男的事。阿煩這樣回覆她的短訊，差不多就等於承認自己是蒙面男了。

　　紫語到了商業區，找到了那家相當有氣派，以黑色作室內設計主色調的畫廊，走近玻璃門後，門自動打開；而門後面，則站著那個穿著羅勒葉高校校服的學生會副會長——陳非凡，阿煩。

林紫語，
　　歡迎你來臨我們
的秘密基地。

阿煩向紫語躬了一躬躬。

「你先答我一個問題，你就是禁錮我們的那個
蒙面男嗎？」紫語也不打算說甚麼開場白，一來
就直接質問阿煩。

「沒錯，怎樣？你要像你姊姊一樣，一下子就拒絕我嗎？」

「我和姊姊不一樣，我雖然不認同你的做法，但我也不覺得你是我們的敵人。」紫語說出自己真實的想法。

「那麼我先帶你參觀一下這裡吧。」阿煩說完，推開一道藏在畫作後的暗門，帶著紫語進入地下室。

地下室內部非常寬敞，放著幾十張學習桌，其中超過一半以上，都有羅勒葉高校的學生坐在那邊，由私人的家庭教師替他們進行功課的輔導。

「你這樣也沒有解決『學分制』會讓同學挨餓的問題吧？因為無論成績怎樣進步，都還總有學生會墊底，依舊有學生會挨餓！」紫語問。

「當然了，我要讓你看的，不是這家補習教室，因為這只能治標，但能治本的，在這裡。」阿煩走到教師桌附近，把桌面上的咪高峰向左轉了兩個圈，牆上的機關立即發動，黑板慢慢地打開，露出了另一道暗門。

打開暗門後，房間內的景象讓紫語徹底呆住了——阿煩準備了七個和聖迷迭香書院學生會一模一樣的人造人，放在這個房間內！

「你造這些的目的是甚麼？」紫語驚訝地問。

「既然你姊姊不打算和我合作，我又要推倒『學分制』，就唯有這樣做啦。」阿煩攤了攤雙手，然後說。

「『學分制』明明是羅勒葉高校的事，為甚麼要製造我們的人造人？這太可怕了！」紫語差點

就想這樣轉身離去了，果然，姊姊拒絕阿煩這決定是有其道理的。

「阿辰是個笨蛋，而且羅勒葉高校學生會只是一個行政機構，單靠我們，甚麼事都改變不了；但聖迷迭香書院就不同了，你們的學生會差不多有權力做任何事，所以我只要讓兩校學生會合併，甚至直接讓兩校合併，就一定可以推翻『學分制』，沒有學生再需要挨餓！」阿煩說著他的構想，愈說愈激昂。

「但姊姊不同意，所以你打算用人造人替代我們？」紫語一語道破阿煩的可怕計劃。

「當然不是了，要模仿一個人的話，要輸入的資料太多，例如語氣、性格、記憶……很多很多，她們根本不能替代你們；我只需要爭取一點時間，

把兩校學生會合併做成一個既定事實，那就足夠了。」

「即是你又要再次策劃禁錮我們，而且還想我幫你？」紫語露出了一副厭惡的表情。

「不是，我還沒有想到具體計劃，但我不打算再強來了，那只會讓你們討厭我而已，對嗎？」

「你知道就好！我覺得我可以說服姊姊呀，『學分制』有問題她是知道的，你給我一點時間，我們正正經經地合作吧！再怎麼說，這種和我們一模一樣的人造人也實在太恐怖了。」紫語摸了摸那個模仿自己的人造人，可以看得出製造者把紫晴和紫語做成一模一樣，但只要是熟悉她們的人，大約一眼就可以識破其中機關。

「如果你姊姊能和我們合作當然是最好，不過

以你姊姊討厭我的程度，應該不容易說服她吧；如果不成的話，用這些人造人來爭取一點時間，兩校成功合併後，再把這些人造人毀滅，之後你們也只能接受合併過後的聯合學生會了。」阿煩揚手示意紫語離開房間。

「總之你先讓我和姊姊談談。」紫語不願和阿煩再多廢話，直接離開了畫廊。

之後小綾果然不負所望，查出了紫晴母親和阿辰父親要強迫他們訂婚的原因，更從訂婚的現場把紫晴救了出來。紫晴母親和阿辰父親最終放棄了訂婚計劃，而聯校舞會亦順利舉行。隨後大家開始放寒假去了，各自有各自的節目。

紫晴、紫語、智文和管家由美離開宿舍，到了美國洛杉磯比華利山的大宅和整個家族一起度過聖誕和新年；這期間紫語一直想找紫晴好好地談一談關於蒙面男的事，但在家族的聖誕派對期間，嘉賓和親戚都絡繹不絕，每天都要應酬到很晚才結束。幾天下來，紫語完全找不到時間可以

和紫晴單獨相處一下。

　　在拆禮物日的夜晚，紫語終於等到了一個和
紫晴二人單獨相處的時間，晚餐過後，她們剛吃
完甜品，紫語邀請紫晴到外面散步，看看風景。

二人穿起暖和的大衣，漫步在洛杉磯的海邊。遠處碼頭上的摩天輪傳來閃爍的霓虹燈光，海風吹來寒氣凜冽，老實說，在這種冰冷天氣下徒步走在街上，完全算不上享受。

「姊姊，我想跟你談談蒙面男的問題。」紫語進入正題。

「蒙面男？你知道他是誰了嗎？我們立刻派軍隊去捉他！」紫晴激動地說。

「我想談談關於他說那個『更美好的世界』。」

「有甚麼好談的，那只是謊話吧！我知道羅勒葉高校那個『學分制』不是好東西，但那是羅勒葉高校的問題吧，我們自己要煩的事情已經夠多了。」紫晴立刻斷言。

「嗯，我明白了，那我懂得怎樣做了。」紫語

知道自己不可能説服這一刻的姊姊，那次禁錮，讓姊姊徹底地把蒙面男視為敵人。

「怎樣？那個蒙面男又來找我們學生會了？」

「沒有，只是在訂婚典禮和聯校舞會後，我一直在想，究竟甚麼是『自由』呢？又究竟甚麼才是『公平』呢？然後我想不到答案，所以才想到蒙面男説那個『更美好的世界』。」紫語沒有説謊，卻也沒有説出事實的全部。

「為甚麼要想這些問題呢？你覺得你現在不自由嗎？還是覺得不公平？」紫晴真心不明白。

「沒事了，這裡很冷，我們回去找表姊她們玩桌上遊戲吧，好嗎？」

回到大宅，紫語沒有真的和表姊妹一起玩桌上遊戲，而是自己一個回到房間，她不知道自己

聯絡蒙面男這件事究竟是對是錯，她想找個與這件事毫不相關，但又可以信任的人來問問意見。但她翻看自己的電話聯絡人名單，卻發現可以相談的人，一個都沒有。

這時紫語想起了自己舅母鍾姨姨，小時候鍾姨姨非常疼愛紫晴和紫語，這種事情，如果能找鍾姨姨談，就最適合不過了。但近幾年都沒再見到她了，而紫語也沒有她的電話。

於是紫語寫了個短訊給管家由美詢問鍾姨姨的去向。由美很快就回覆了，但答案卻是連這個家

庭的萬事通都不知道鍾姨姨的聯絡方法，也不知道鍾姨姨現在在哪裡，還說鍾姨姨一直都是這樣，只能待她自己出現，連紫語的舅父也不是那麼容易找到她。

紫語打消了要找鍾姨姨的念頭，開始想要不要到網上匿名提問，但又覺得這件事實在太過難以想像，一般網路用戶根本沒法理解這種事的始末，也沒法理解兩間學校的處境。

就在這一刻，紫語的電話突然響起。

「林紫語，連天都幫我們了！」話筒內傳來阿煩的聲音。

「你怎麼直接打給我了？」紫語語中帶著責備的語氣。

「先別管這個！機會來了，卉華滑雪受傷了！

這樣的話，寒假結束那天我們就可以實行計劃！」

「卉華？那是誰？」紫語記不起這個名字。

「就是你們校中的運動名將啦！而且還是推理學會的成員，這次我相信至少可以爭取到一星期的時間！」阿煩難掩他自己心裡的興奮。

「等等，你慢慢説，計劃是甚麼？」

於是阿煩説出了他的計劃，就是先偽造怪盜要偷紫晴家裡名畫的預告，再讓推理學會去學生會向小綾下挑戰書。屆時一定會有人提出要根據預告去作二十四小時監視名畫的，只要紫晴參與

監視，那麼就可以爭取到時間來把兩校學生會合併，由於留在宿舍大廳這件事是自願的，這樣就不算禁錮了。（編按：詳見第四集〈怪盜輝夜姬的挑戰書〉）

　　紫語不以為然，可以出意外的地方太多了，實在不是一個好計劃。而且，紫語根本也還沒下定決心要幫阿煩，她還是想找一個方法可以讓大家合作，而不是這樣用計去奪權。

　　「你顧慮得太多啦，我們需要的，不是取代現在兩校的學生會；我們只是要製造一個大家都騎虎難下，非要處理『學分制』這問題不可的環境就可以了。」阿煩再次重申他的目的。

　　「你讓我先想一想，而且，你以後都不要直接打電話來，我們用短訊聯絡就好。」紫語也不等阿煩答話，直接掛線。

當寒假結束，阿煩就把偽造的「怪盜輝夜姬」
預告竹筒郵寄給聖迷迭香書院的學生會，紫語一
大清早就在郵箱發現這個竹筒，她沒有立刻把這
東西拿到學生會室去，反而把它帶回了課室。

紫語明白，只要她把這竹筒帶到學生會室，
阿煩的計謀就會正式啟動，姊姊和學生會的大家
就有機會「自願地被困」在
宿舍大廳；但如果紫語把這
個竹筒摧毀，則羅勒葉
高校的學生永遠都要
被「學分制」所束縛。

紫語想了一整個
上午，上課時
也無法專心，

不時從桌子下面拿出竹筒細細翻閱，弄得她心緒不寧，直到午休時間，紫語的雙手還是離不開那個竹筒，一直拿著它在把玩。

然後，紫語像平常一樣，在午休時間走到學生會室，準備一邊喝茶，一邊吃午飯。

當學生會大門被智文打開的一刻，紫語才發現，那個竹筒還一直放在她手上。

「這！這個是……怪盜輝夜姬著名的預告狀！」一個紫語從未見過的女生指著她手中的竹筒大喊。那個女生的裝扮很奇怪，頭上戴著一頂貝雷帽，手上拿著一支用 Pocky 和棉花糖做成的煙斗，大概就是阿煩口中推理學會的成員吧。

這個叫舒洛的女孩是個推理狂迷，一直纏著小綾要和她比試推理，也沒有理會紫語，開始自

顧自地介紹這個竹筒的由來和這個竹筒主人「怪盜輝夜姬」的傳聞。

　　紫語本來想好好的思考，再決定要不要把這竹筒拿給大家看，但卻不自覺的主動把它帶到學生會來了；紫語輕輕地呼了一口氣，抱著這個竹筒，到了自己往常會坐的位子坐下來。

　　由那一刻開始，紫語知道，她已經無法阻止接下來要發生的事。果然，小綾和推理學會用這個竹筒作為推理比試的題目，小綾還極速地破解了竹筒內的密碼，知道這個預告的目標是「一星期後」和「宿舍中的名畫」。

　　一切都似乎按照阿煩的計劃動起來。

「究竟怪盜輝夜姬是看上了哪幅畫作呢？」這時小綾提出疑問。

「這不是重點吧，重點是我們要先加強保安。」紫語想找個機會離開這個學生會室，然後好好地和阿煩談一談，於是她用保安作為藉口打斷了小綾的提問。

這一著果然成功了，午休結束，大家離開了學生會室；而放學後，紫晴也真的指派了紫語先一步回宿舍去安排保安事宜，本來應該同行的思昀沒有出現，大概是躲在圖書館裡看書了，於是真正到達宿舍的，只有紫語和盈盈兩人。

　　身為理科達人的盈盈，一到達紫語宿舍的保
安控制室，雙眼便發出光芒；畢竟這個保安控制
室裡，有著一切現今科技的結晶，對盈盈來說就
是一座活生生的寶庫。

　　紫語知道機不可失，於是立刻拿出手機，傳
了一道短訊給阿煩：「現在怎辦？真的要實行計劃
嗎？但我還沒決定好要不要幫你呢！」

「你現在快離開你的宿舍，到上次我困住你們的那個密室去，我正安排你的人造人趕到你宿舍去代替你！」阿煩回覆。

紫語收到這個短訊後，從保安室衝到宿舍的大門外，宿舍佔地有數百公頃，紫語即使全力奔跑，也花了不少時間。

果然，在門外，有一個和紫語長得一模一樣的人造人躲在門外。

「咦？二小姐，你不是才剛回來嗎？怎麼又出來了？」門外的護衛問。

「我來看一看保安的安排。」紫語順口地回答。

紫語走出門外，在樹後仔細地觀察這個和她長得一模一樣的人造人。

「喂！你懂說話嗎？」紫語問那個人造人。

「這個真的只是人造人，是用遙控控制的，要用人工智能去假扮你而又不被小綾發現，幾乎是不可能的，還是遙控比較保險。」人造人回答，她說話的聲音、語調，也跟紫語一模一樣。

「你是阿煩？我們先來談一談，我們真的要這樣把姊姊她們困在宿舍內嗎？」紫語通過人造人問阿煩。

5

「這樣不方便談，你先來上次那個密室找我，我把這邊改建成作戰指揮中心了。」人造人一邊說，一邊指著商業區的方向。

紫語無奈地接受了這個安排，自己一個向著商業區的方向走去，宿舍和商業區的距離說遠不遠，說近也不近，現在紫語也不能讓司機來接送自己，所以只能用雙腳一步一步地走過去，最後走了快一小時，才來到那個密室的所在。

這次紫語從正門進入，這屋內滿佈著先進的控制面版，紫語既不懂得如何控制，也看不懂熒光幕上顯示的究竟是甚麼，而更奇怪的是，沒有其他人在控制著這堆面版。

「你怎麼不告訴我你姊姊和小綾正趕來畫廊？」阿煩的短訊在這時又再一次傳到紫語的手機。

「為甚麼要通知你？」

「糟了，這樣我要被拉去你的宿舍作公證人啦，合併學生會的事要交給你了。」

「我不知道要怎樣做。」

「密室那邊有我的拍檔在，你找他吧，我會負責控制卉華和你的人造人，其他就靠你了。」

紫語開始明白阿煩所說的「騎虎難下」是甚麼意思了，她四處張望，但卻找不到阿煩的拍檔，正當她不知道要怎辦，打算離開控制室時，一個短髮、身型肥胖、穿著動漫 T-Shirt、披著「鬼滅」印花圖案頸巾的男生

從門外走進來。

「你就是妹妹雷姆吧？」那個肥胖男生對紫語說。

「我叫林紫語，你呢？」紫語沒有回答肥胖男生那個不知所云的問題，禮貌地詢問對方名字。

「我是梁柏堅，你叫我阿堅就好了，我是阿煩的兒時好友。」肥胖男生知道紫語聽不懂他問句中的「梗」(網絡用語，這裡大概是典故的意思)，也沒有再說下去了。

「這些控制面版都是你在弄的嗎？」

「嗯，要讓他們動起來不難，難的是要輸入她們的說話，我不太懂女生的話話方式，經常會因為這樣被人發現。」阿堅表情醜腆，可能他作為一個男校生，太少和女性單對單的機會。

「那我要負責輸入她們的對話？」

「對，我幫你的手機安裝一個程式，你只要在那邊打字，或者選擇一早定好的對白，那些人造人就會跟著說。」

「然後呢？阿煩想怎樣合併學生會？」

「那是最簡單的一部分了，只要你控制你姊姊的人造人，然後發表兩校學生會將要合併的講話，接下來要做的，就只剩下繁瑣的行政手續。」阿堅說完，用手機把講話的內容傳給了紫語。

「這是阿煩寫的？」紫語問完，阿堅對著紫語點了點頭，於是紫語繼續說下去：「除了有些語氣不太像之外，還寫得蠻好的，我可以改嗎？」

「可以啊，這正是阿煩叫你來這裡的意思。」阿堅一邊說，一邊點頭。

「那不如由我去假扮姊姊，由這個人造人來扮我，這樣是不是方便一點？」紫語心中的盤算是這樣的，既然自己也想不通究竟要不要實施這個計劃，不如賭一局好了。

思昀、阿辰還有整個學校的人，如果有任何

一個發現她是假扮的，她就會停止合併學生會，再回宿舍救人；如果是人造人的話，的確所有外貌、細節都可以做到一模一樣，但由她去假扮，被拆穿的機會就大得多了。

有整整一星期的時間，如果也沒有人發現她其實是林紫語，那麼她就會繼續實行這個計劃，看看阿煩是不是真的可以用這個方法去改變羅勒葉高校那個不公平的「學分制」。

接下來的一個星期，阿煩被困在宿舍裡，同時控制卉華和紫語的人造人；而阿堅則在紫語的安排和幫忙下，啟動了合併學生會的程序，不但把宿舍的對外網路實行過濾，讓宿舍內的人接收不到關於學生會合併的消息，而在外面則由紫語控制的人造人負責各種行政手續。

不幸地，阿辰和思昀都沒有發現他們在這一星期內看見的學生會會長是由副會長假扮的，只要明天舉行完兩校第一屆聯合學生會的成立典禮，兩校就會正式合併。

「不好了，小綾終於拆穿了我們的把戲，阿煩啟動了卉華身上的催眠氣體，我現在去幫他把人都搬到這裡來！」阿堅在控制室內對紫語說。

「那我先走了，要合併學生會，可以；但要捉住姊姊還有學生會等人的話，我就不會參與了。」紫語冷冷地說，然後離開了那個密室。

那晚紫語久違地回到自己宿舍的房間，宿舍內的人都忙著找尋眾人的下落，沒人有空理會紫語。紫語坐在那張借了給人造人睡了足足一星期的床上，思考著明天究竟還要不要辦那個成立典禮。

　　小綾一定可以把大家都救出來的，問題只是需要多久時間罷了，那些行政功夫既然都做了，就試著辦辦看吧。無論小綾和姊姊她們是在典禮前逃出來，還是典禮後才逃出來，這件事，都已經不是紫語一個人能阻止得到的了。

　　一月十二日的早上，陰陰的天襯托著紫語複雜的心情，她沒有和任何人打招呼，也沒有回去課室，就直接到達了典禮會場，在那邊紫語繼續以假扮學生會會長的身份，打點著成立典禮的事宜。

　　到了典禮正式開始前的一刻，所有學生都已經聚集在學校禮堂中，整個禮堂寂靜一片，而小綾則帶著正牌的學生會成員來到了台上，一時之間，台上面總共有兩個會長、兩個副會長、兩個智文、兩個晶晶、兩個盈盈，還有另一個小綾和唯一一個沒有一分為二的思昀。

　　「這是怎麼回事，為甚麼會這樣？是東野圭吾

的《分身》嗎？為甚麼大家都出現了分身體？」思昀抱著頭大叫。

「因為她們是冒認的！」阿煩從台的另一邊走出來，指著剛走上台的小綾大喊，他還在企圖力挽狂瀾。

「你們才是冒認的，那邊的六個全都是阿煩你操控的人工智慧機械人吧！」站在左邊的會長吆喝。

你有甚麼證據嗎？在我而言，突然衝上台的你們才更可疑，你們是冒認的！

假扮成會長的紫語看見姊姊沒有第一眼就認出她，心中怒火中燒，説出了不該説的話。

事件擾攘了一陣，由於有兩組聖迷迭香書院學生會的成員在，那個兩校第一屆聯合學生會的成立典禮當然就不能按照原定計劃，「正常」開始了。

「這樣吧，我們舉行一個答問大會，決定你們哪一組才是真正的學生會成員吧！」阿辰突然想到。

「好啊！真金不怕紅爐火！」五個人那邊的會長（真會長）立刻答應。「來啊！誰怕誰？」紫語（假會長）還是氣在心頭，於是也不甘示弱。就在這一刻，剛衝上台的小綾驚呼一聲，指著那個由紫語假扮的會長，而同一時間，紫晴亦看出了對面的會長是由紫語假扮的了。

「不用舉行答問大會那麼麻煩，只要找一台X光機，我們每個人都照一照，有骨骼的就是真人，裡面照出來是一堆電子儀器的話，就是人造人了。」

小綾發現紫語的真身後，立刻就提出一個既理性、又萬無一失的檢測方式。

「一時三刻，我們要在哪裡找一台X光機呢？」阿煩搶著回答。

「我們醫療室就有一台。」智文冷靜地説。「那

就簡單了，我現在去找職員把那台 X 光機抬過來！」正牌會長紫晴説。

「算了，我投降。」紫語知道這已經瞞不下去了，用手機傳了個短訊給阿堅，讓他一次過把所有人造人的電源切斷。

頃刻間，假的學生會成員一個一個的倒下，紫語則走到了咪高峰前面。

「大家好，我是林紫語，本來學生會的副會長；為甚麼我要和阿煩一起去把兩校的學生會合併呢？因為我們相信，學校應該是一個公

平的地方、每個人都有自己的權利、兩家學校的學生都不應該被差別對待。

大家都知道，聖迷迭香書院擁有一個學生會獨大的制度，學生會幾乎可以干涉一切的校內外事務，也沒有任何權力的制衡；而羅勒葉高校則擁有一個不公平的『學分制』，一些學生甚至連基本溫飽都出現問題。

而兩校學生會合併，就是希望可以改變這種現況。

之前我想跟姊姊去談這件事，但她根本連聽都不想聽，加上各式各樣的陰差陽錯，才會變成現在的樣子。

我不知道是不是我和姊姊長得一模一樣的關係，這一星期內，沒有人認出我不是林紫晴，沒有

人認出我原來是林紫語，難道就因為我遲出世了幾十秒，我就注定要一生都成為姊姊的影子嗎？

我的意見大家會聽到嗎？」

聽到紫語這一段講話之後，哭得最厲害的，不是別人，而是她的親姊姊，林紫晴。

「紫語，我從來都不知道你對現況有這麼大的不滿，你怎麼不早點跟我說呢？」紫晴把眼淚抹掉，然後上前去抱著妹妹。

「我覺得你應該能感受到的。」紫語輕輕地掙脫了姊姊的擁抱。

「現在我感受到了，如果我遇上你的遭遇，一整個星期都沒有人認出我是林紫晴的話，那種難受，我想像得出來。」

「你不明白的，你永遠是那個站在陽光下的校園偶像，而我是站在你後面的影子。」紫語指著姊姊，然後說。

「不如我把會長讓給你做？由我來做副會長？這樣會好一點嗎？」

「我不要！我才不要你的施捨！」紫語用腳用力地踏地板，發出巨響。

「那……那我可以怎辦？」紫晴說到這裡，淚水又再汩汩而出。

　　「我不知道，明明你也知道『學分制』有問題，是需要解決的事，但每次提到這個話題你就只記著自己對蒙面男的憎恨；明明你也知道自己不喜歡阿辰，你需要和媽媽堅決拒絕訂婚，但你就打算自己一個人去承受；明明你知道我不想被別人誤認做你，但每次有人直接叫我『妹妹』時，你都沒有出來幫我澄清！」紫語連珠爆發地説，這些句子，一句一句的擊中紫晴的胸口，讓她無法再説出一句話。

　　這時，一直在旁邊想搭話的阿煩本來就要開始説話，但卻被小綾走過去把

他拉住了，然後對他施與了一個厭惡的眼神，阿煩也感覺到，這裡的事已經與他沒有關係。

「會長、副會長，這樣吧，我幫你們把問題解決，好嗎？」小綾一邊把阿煩拉到遠離咪高峰，一邊自己走前一步，在咪高峰前面說。

紫語心想，也許只有小綾，才能解決兩校的問題，或者自己的問題；或許她這次的行動，就是為了要讓小綾知道，她需要小綾的救贖。

「我要成為怪盜輝夜姬去偷你們家裡的東西，你們兩個要來阻止我，這種比試可以嗎？」小綾用一隻手指指著自己的下巴，作思考的樣子，等待紫語和紫晴的答覆。

「那麼，贏的人就成為學生會會長？那時再決定兩校學生會是不是需要合併？」紫語反問。

「嗯，我說解決問題，就是這個意思。」小綾連連點頭。

「我沒異議，只要這是紫語想要的。」紫晴也跟著點頭。

「等等⋯⋯我不要姊姊你故意讓我！我知道你一定想自己一個人去承受這種事！你老是這樣，以為你自己一個去承受痛苦跟傷害，問題就會解決！但事實不是這樣，當你受傷害時，我、智文、還有大家也會痛心！所以這次你一定要全力以赴，那才有意思！」紫語非常非常激動地說。

「呼⋯⋯我明白的，我明白的，自從上次訂婚小綾把我拯救出來，我便開始學習怎樣和大家分享我的問題。紫語你放心，我一定會全力以赴的。」紫晴的眼淚又禁不住流了下來。

「好啊！我們來公公平平的比試一次吧！」紫語比剛才更激動地説。

「沒錯，你們誰都好，不許幫忙，這是我們兩人之間一對一的比試；也只有這樣，才能解決到當前的問題。」紫晴抹了抹眼淚。

「如果都可以的話，我現在就要發出我的『偷盜預告』了啊！」小綾説完，拿出一張紙條和一支筆，走到一張桌子，飛快地開始在紙上疾書寫字。

「你們宿舍的廚櫃上，用展覽的規格放著一盒名貴的古董筷子，我 —— 怪盜輝夜姬，會用這個方法，把它偷走！」小綾走上前站在紫晴和紫語中間，再把那張紙條撕成兩半，一張交給紫晴，一張交給紫語。

兩張紙條中，各剩下半句的英文句子，但內

容卻完全不能讓人理解。

　　紫語收到的那一半寫著：「V JVYY FGRNY LB」

　　而紫晴收到的那一半則是：「HE FCRPVNY CBJRE」

　　「我現在傳給你們筷子的照片，免得你們家裡收藏品太多，不知道我在說的是哪雙，這可算是提示大平賣了！」小綾說完，把那雙筷子的照片傳給她們二人，相片只照到筷子的頭部，兩隻筷子上各刻著四個英文字，一隻是「GBTR」，另一隻是「GURE」。

　　紫語看見那雙筷子，不禁想起了往事。

我不只是「林紫晴的妹妹」

時間回到八年前的一月十二日，紫晴成為班代表已經有一星期多一點了，今天老師委任的工作是要收集全級同學對早會的意見。

「這真的很麻煩！難道要我逐個逐個同學去問嗎？」紫晴接到任務後，不禁和自己的妹妹抱怨一下。

「這就是班代表要做的工作吧，哪有工作不麻煩的呢？我們一起把它完成吧！」紫語耐心地回答。

「也對，那我由學號最小開始順序去問，而你則由學號最大開始倒轉問，那當我們要問同一個人時，那就完成了！」紫晴立刻想出方法去解決

問題。

「好啊，那我們立刻開始吧。」紫語知道他們這年級的人數有 320 人，而學號的編排沒有分班，於是她立刻就去查學號 320 號的究竟是誰了。

兩天後，紫語已經找到學號 160 號的學生了，也詳細地記錄了之前 160 個學生對早會的意見，於是她在那天回宿舍後，在吃飯前打算把這 160 份問卷拿給姊姊。

「我也做完了，紫語你幫我覆檢一次然後再交給老師，好嗎？」紫晴指著一疊問卷，示意紫語可以把它們拿走。

「嗯，沒問題。」

當晚紫語就開始覆檢紫晴收集回來的問卷，發現有不少問卷的資料不完整，有些人漏答問題，也有些人填了錯誤的個人資料，紫語耐心地把這些有問題的問卷分別出來，大約有 42 張。

紫語嘆了一口氣，她知道姊姊就是這樣，做事決斷而快速，但亦因為太過快速，常常會顯得粗枝大葉。

第二天的上學時間，紫語細心地逐個逐個訪問交出有問題問卷的同學，好不容易在放學前終於把 42 張問題問卷都改好，然後更把 320 份問卷

答案輸入到電腦中，並做了些簡單的分析和總結。

二人一起在放學前的一刻，拿著那 320 份已完成的問卷加上總結的結果，交給老師。

「紫晴，做得不錯啊！」老師看著那張總結表，在全班同學面前滿意地表揚紫晴。

「多謝。」紫晴有禮貌地回答。

「我本來以為你要用更多的時間才能完成這份工作呢，效率很高，而且成果也很好，很仔細。」老師還在繼續讚揚。

「不是我一個人做的，紫語幫忙了很多，特別是那個總結，我之前沒想過可以這樣做。」紫晴推了紫語一把。

「嗯，對，也感謝林紫晴妹妹的幫忙。」老師轉過來，對紫語說。

「我是林紫語，我不只是林紫晴的妹妹，我也是一個獨立的個體！」紫語一時間忍不住，直接反嗆老師。

「是是，紫語，多謝你的幫忙，這次真的做得不錯。」老師察覺到自己一直沒有用名字稱呼紫語，是真的有點不謹慎。

「姊姊擅長快速地做出正確的決定，所以有時會有點粗疏，而我則擅長整理和修補，像這次一樣，我幫姊姊收集的問卷做了不少修改，成果才可以這樣清晰的。」紫語想讓老師明白她在這件事情上的貢獻。

「紫語，你是不是把紫晴看成競爭對象呢？」

「我沒有，我只是認為大家都沒有好好地去分清我們二人罷了，我是林紫語，她是林紫晴，我

們是兩個人，就此而已。」紫語一邊説，一邊弄了一下那個智文幫她剪碎的裙襬。

「那就是競爭意識啊，你希望大家看到你比紫晴更優秀的一面；那樣吧，你們用下一次數學測驗的分數去比個高下，這樣好不好？」老師堅持己見。

「都説不是了！你究竟有沒有好好地聆聽我的説話？」紫語説完，一下子奪門而出，沒有理會老師的叫喊。

紫晴追了出門外，看見紫語已經哭成了一個淚人；紫語覺得，這個世界上沒人了解她，大家都只把她

視為姊姊的影子。

「紫語，我明白的！如果是我一直被認錯，我也會很不開心！」紫晴衝上前擁抱著紫語。

兩人相擁著一起，然後大哭，紫語把一直藏在心裡的壓力在這一刻釋放了出來，哭得更大聲了。

這時，一個婦人出現，拍了拍紫語和紫晴二人的肩膊。這就是她們的舅母，紫晴和紫語都習慣直接叫她做鍾姨姨。平日舅母即使在家庭聚餐，也很少出現，姊妹二人不禁心想她為甚麼會來到學校這裡。

「紫語、紫晴，我知道你們現在有點苦惱，所以我就趕來了。」鍾姨姨用慈祥的聲音對她們二人說。

「你怎麼會知道的？」紫晴抹了抹眼淚和鼻涕，

再問。

「你看看這個裙襬。」鍾姨姨指著紫語的裙襬，然後接著說：「當由美告訴我紫語你改造了裙襬後，我就大概知道問題所在了。」

「因為媽媽不給我自己選自己的衣服呀！」紫語很信任鍾姨姨，所以就直接説了。

「所以我來了啊！我帶你們去吃飯，然後慢慢談好不好？」鍾姨姨彎下腰來對姊妹二人説。

三人到了一間中菜廳，鍾姨姨點了幾道好吃的小菜。這時兩人已經冷靜下來，沒有再哭，而且肚子也有點餓了，所以就拿起筷子大快朵頤。

「你們用筷子的手法都不太標準啊。」鍾姨姨指著她們二人拿著筷子的手，然後説。

「是嗎？」二人異口同聲地回答。

「嗯，一對筷子，看似一樣，但是如果用正確

的握法，一隻會動，然後另一隻會固定，這樣才能夾到東西。」鍾姨姨一邊說，一邊示範正確的握法。

「這是在比喻我們兩個嗎？」紫語發現了鍾姨姨話中有話。

「沒錯，這是一個叫做『自我認同』的問題，你們覺得『自己』究竟是甚麼？」鍾姨姨看著自己手上的筷子，問她們。

「我就是我自己啦，有甚麼問題？」紫晴嘗試用正確的握法去夾東西。

「如果只有自己，沒被別人看到的話，不就和不存在一樣了嗎？」紫語也思考了一下，然後答。

「你們兩個的答案都不錯，你們可以想像一下，初初到這個世界時，你們是空白一片的，甚麼也不懂，甚麼都沒有；然後你們認識了彼此，從

對方的說話、動作、思考當中，你們看見了自己的影子。孿生姊妹是好東西，比起一般人，你們會更早開始思考，思考為甚麼這個人明明長得和我一模一樣，但卻和自己是一個著著實實不同的個體。」鍾姨姨解釋。

「所以我們都是彼此的影子？」紫語恍然大悟地問。

「沒錯，如果沒有光，無論那東西有多真實，你都不會看見；但有光，就自然會有影，而你們兩個很幸運，你們可以在對方的影子中看見自己。」鍾姨姨再補充。

「我還是不太明白……」紫晴摸著自己的頭說。

「不要緊，你們記著就可以了，紫語你是紫晴的影子，同時地，紫晴你也是紫語的影子，只

要有光的地方，你們就可以看到對方，感受到對方。」鍾姨姨用左手摸著紫晴的頭，再用右手輕按紫語的額頭，然後說。

兩姊妹連連點頭，好像明白了甚麼，又好像甚麼也沒有明白，但她們真切感受到的是她們已經釋懷了。

「我送你們一件禮物。」鍾姨姨從口袋中拿出一雙筷子，遞給她們姊妹，一人一隻。筷子的頭部，兩隻筷子上各刻著四個英文字，一隻是「GBTR」，另一隻是「GURE」。而筷子的中間，則寫著各一句詩句，分別是「一角遙空潑墨深」及「難將晴雨揣天心」。

「這是一雙已經有六十年歷史的古董筷子，我叫它們做『晴雨筷子』，上面有兩句詩句是錄自錢

鍾書先生的《牛津公園感秋》；你們成長後，可能又會遇到像今天這樣的苦惱，到了那時，你們拿出這份禮物，然後就可以想起今天的事，問題又可以解決。」鍾姨姨對她們說。

第 8 章
超能力小偷

　　當紫語結束回憶，回過神來，發現同學們都已經離開禮堂，台上面只剩下她自己一個。紫晴、小綾、學生會成員、阿煩、阿辰等等全都已經離開了。

　　台上剩下的，就只有那堆被關掉，委頓在地上的人造人，紫語嘗試聯絡阿堅，希望他可以讓這些人造人自己動起來回到倉庫去，但電話的另一端卻沒人接聽。

　　紫語正煩惱一個人要如何清理這些人造人時，台下推理學會的舒洛和菲菲卻一直向她招手。

　　「副會長，我們來幫你吧。」舒洛收起了她一

直咬著的 Pocky，一步一步的走上台上。

「這是我自己弄出來的爛攤子，我自己一個人收拾就好了。」

「不要這樣，這個計劃我們也有責任。」舒洛一臉抱歉地說。

「阿煩有把全部計劃告訴你們嗎？」

「沒有，他只是給了我們卉華的人造人，然後叫我們去挑戰學生會。」

「這很符合阿煩的處事方式。如果要幫忙的話，我們一起把這些人造人的電池拆下，再搬到倉庫中吧。」紫語攤了攤雙手，然後說。

「我不是指這個啦，我要幫你破解小綾出的謎題啦！這才是我擅長的！」舒洛一說到推理的話題，又忍不住拿出了 Pocky 和棉花糖，製造了一支

新的煙斗。

「真的不用啦，這是我和姊姊的個人比試，我不會作弊的。」紫語果斷地拒絕了舒洛，而且她也知道，舒洛的推理能力和她的自信其實有著很大的反差。

雖然舒洛口裡說不，但最後還是和菲菲幫忙清理好台上的人造人。紫語跟她們道謝後，離開了校園，今天大概也沒心情上課了，還是先回宿舍去吧，首先要再次確認一下那雙「晴雨筷子」的實物。 紫語在回家的路上一邊走，一邊拿出小綾寫給她的紙條，上面寫著「V JVYY FGRNY LB」，這種密碼，對小綾來說可能 30 秒就可以成功解讀，但對紫語而言，即使她苦苦思量，也想不出一個所以然。

　　紫語決定不在這個密碼上面鑽牛角尖，她開始思考小綾為甚麼要這樣做，為甚麼要出謎題讓姊姊和自己猜呢？為甚麼突然想要成為怪盜輝夜姬呢？

　　小綾究竟是幫會長、幫她，還是有其他的立場呢？

如果要偏幫姊姊的話，小綾大概不需要大花周章，只要直接用道理擊倒紫語就可以了。那樣紫語會被視作背叛學生會，更可能從此被趕出學校。

但紫語覺得小綾並沒有要幫任何一個人的意思，她應該是切切實實地想解決問題，好像訂婚事件那次一樣，小綾一定希望學生會眾人都可以享有自由、自主還有幸福快樂。

紫語接著推測，小綾可能是希望她和紫晴合作；這個解碼一分為二，所以要合二人之力才能解開。

想著想著，紫語終於回到了宿舍，紫語沒有換衣服，直接就衝到姊姊的房間前，用力地敲門，但門裡面沒有回應，紫語知道姐姐一定就在房間裡，大概又想自己一個人去承受所有事情吧，於是

紫語顧不了這麼多，直接伸手去打開紫晴的房門。

房門沒有上鎖，紫語打開門後，看見紫晴正在書桌前面，看著紙條在苦惱中。智文沒有跟在紫晴的後面，看來紫晴果然是想要獨個解決這個謎題。

姊姊，我想通了，小綾出這道謎題，一定要我們合作才能解開的。

　　紫語走到紫晴後面，隔著椅背用雙臂摟著紫晴，再在她的耳邊説。

　　「我也有這種感覺。」紫晴用手拍了拍紫語的手背，示意給與支持。

　　紫語把自己的紙條拿出來，放在紫晴的紙條旁邊，用撕開的痕跡作對比，把兩串英文密碼連起來。

V JUYY FGRNY LB

HE FCRPVNY CBJRE

「這是英文吧，要是英文，就一定有響音，A、E、I、O、U 一定最少會有一個。」紫晴說。

「那應該出現最多的五個字母，我們就可以假設它們是 A、E、I、O、U 其中一個了！對了，筷子頭那八個英文字母，用的也是這種邏輯吧，我們把它們一起列出來好了。」紫語說完，拿出電話，再打開那張筷子的照片。

G B T R G U R E

紫晴把這八個字母也寫到紙條上面，同一時間，紫語拉來了一張椅子，坐在了紫晴的旁邊。

「字母的數量是這樣。」紫語用另一張紙作出了統計。

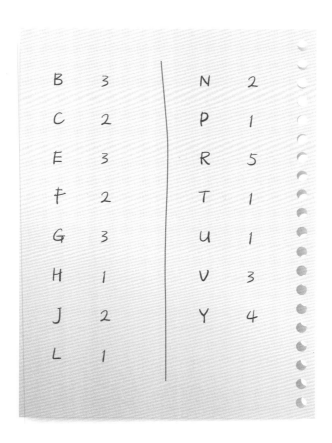

「最多出現的是 R，有五次；第二多的是 Y，四次；出現過三次的字母，分別有 B、E、G 和 V。」紫語總結。

「V 應該就是 I 吧，因為單字開頭，又是響音，除了 I 之外就沒有其他選擇了。」紫晴指著紙條。

「R 出現最多，在英文中出現最多的響音，不是 A 就是 E。」

「現在看不出來吧，那 Y 呢？ Y 是甚麼？」

「Y 應該不是響音吧，JVYY，如果 V 是 I 的話，YY 又是響音，那樣一個單字的響音未免太多了。」

「如果 Y 是 L 就說得通了，那麼『V JVYY』就是 I Will 了。」

就這樣，兩姊妹用半猜半查的方法，用了一個多小時，終於得出了一個完整的廿六字母解碼表：

Input

A B C D E F G H I J K L M
N O P Q R S T U V W X Y Z

Output

N O P Q R S T U V W X Y Z
A B C D E F G H I J K L M

　　而那句句子也被編譯出來了，是「I will steal your special power」還有筷子上的「TOGE」「THER」，合起來，就是「TOGETHER」。

　　兩姊妹看著這個答案，相對一笑，她們知道

這次已經贏了小綾，無論小綾這個假的怪盜，甚至是真正的怪盜輝夜姬，都沒法偷走她們姊妹倆之間的「超能力」。

「姊姊，你可以認真考慮一下，要不要跟阿煩合作嗎？」紫語在解開謎題之後，依然沒離開紫晴的房間。

「紫語，我真的很難去原諒蒙面男，畢竟他已經禁錮過我兩次啦；要合作的話，為甚麼不能一開始就好好和我們商談呢？為甚麼非要欺騙我們、禁錮我們不可呢？」紫晴說出心底話。

「我認為，這算是他的特色吧⋯⋯那個人呢，有甚麼想做的話，都不會直接去做，總是享受著讓別人不知不覺地跟他的計劃行事，我想這連他自己亦沒有這個自覺吧。」紫語說完，嘆了一口

氣，畢竟她自己也是身受其害。

　　「其實我也明白『學分制』的確存在著很大的問題，沒有學生應該挨餓；而我們學校學生會的權力沒有得到制衡一樣是另一個非常核心的問題；但我不知道要怎樣才能解決。」

「那就試試兩校學生會一起去推行新政策吧，只要我們一起，加上小綾、學生會的大家、阿辰、阿煩和阿堅都幫忙的話，一定可以解決問題。」紫語坐在紫晴的床上。

「我會試著原諒阿煩的，但如果我做不到，你也不要怪我啊。」紫晴一邊說，一邊坐在紫語的旁邊。

「這點交給我吧，我會要他鄭重地對大家道歉的，還有，讓他親自對大家講解一下他的計劃。」紫語說完，躺了在紫晴床上，開始用短訊通知阿煩。

「今天我們一起睡吧，好嗎？」紫晴對紫語說。

「好啊。」紫語微笑地回應自己姊姊的請求。

第二天早上，紫晴、紫語和智文一起回到那家熟悉的學生會室，小綾比她們更早就在那裡了，正在用茶包在自己專用的 Royal Albert 骨瓷杯子

裡泡茶。

　　智文快速地上前去幫小
綾把茶倒掉，並且開始為
大家沖泡今天的阿薩姆
紅茶。

　　而紫晴和紫語則
走到小綾面前，紫語不知
從哪裡拿出一疊撲克牌，
洗牌後抽出一張，放在自己
的額頭上，紫晴也做著相同的動
作。

　　「紅心 2」「黑桃 King」二人即使沒看見自己頭
上的撲克牌，還是正確地說出了自己頭上那張牌
的花色和數字。

「小綾，你這個怪盜輝夜姬是不可能得逞的！」紫語率先開口。

「對啊，我們擁有的可是『超能力』，不會讓你輕易偷走的。」紫晴也接著說。

「我認輸了，你們厲害，我果然不是當怪盜的材料。」小綾高舉雙手，作投降狀。

「當然啦！這種級數的謎題，我們兩個合力，一下子就解開了。」紫晴擺出得意的神情。

「你們一早就知道那是 ROT-13 密碼了嗎？」小綾擺了一擺手，然後問。

「甚麼 ROT-13？我們是逐個逐個字母解碼的。」紫語一副不解的表情。

「ROT-13，迴轉 13 位，是一種相當普遍的置換式編碼，當我看見你們那對筷子上的

TOGETHER 時，就想到要用它來出題了。」小綾解釋。

「你就不能好好的認輸嗎？『天才推理少女小綾』！」紫晴一邊說，一邊走過去搔小綾的癢。

小綾抵不過紫晴的搔癢攻擊，直呼投降。

然後到了放學時間，大家又再次一起聚集在學生會室內，一邊喝茶，一邊聊天，學生會室在寒假結束以來，第一次回復到了平日的光景。

大家聊了一陣子之後，有人敲著學生會室的大門。

智文打開門後，門外的，是手執一個紙袋，作蒙面男打扮的阿煩，他在大家面前把假髮和帽子拿掉，再脫掉口罩，戴上眼鏡。然後阿煩走到紫晴和紫語面前，深深的鞠躬。

阿煩沒有把頭抬起來，大聲地對眾人道歉。

眾人沒有答話，而阿煩亦一直不敢抬起頭，氣氛有點尷尬，這時候，阿煩把紙袋遞給紫晴。

「這是代表我賠罪心意的禮物，請你收下。」

紙袋內是包裝精美的兩隻茶杯，一隻是 Hermes 的花園漫步系列，白色的杯身配上翠綠的格子花紋，再用橙色的植物圖案作為裝飾，很有現代美術的感覺；另一隻是 Hermes 的伊卡之旅系列，杯身也是白色，金色的杯耳還有藍紫兩色交錯的花紋，兩隻都是非常精美的茶杯。

紫語拿起伊卡之旅那隻細細端詳，十分喜歡，特別是和姊姊那隻完全不同款這點，更是得到紫語的歡心，她暗自讚賞阿煩選這禮物的心思。

紫晴也拿起了花園漫步的杯子，遞了給智文，

智文立刻明白，拿去把杯子洗乾淨，再倒滿一杯茶放到紫晴前面。紫晴拿起杯子呷了一口，然後說：「我暫時還是氣在心頭，不想原諒你；但同時地，我們會幫忙解決羅勒葉高校學分制的問題，因為那是正義和公正的問題，跟原不原諒你無關。聯合學生會可以繼續辦，等到學分制問題解決後，再分開兩個學生會就好了。」

「我也有話要說。」紫語也把杯子遞給了智文，然後站起身來，對學生會室內所有人鞠躬，然後接著說：「因為我的衝動和不謹慎，害大家再被禁錮，對不起。」

紫晴和小綾衝過來把紫語扶起，還給了紫語一個深深的擁抱。

同一時間，智文拿著洗好再倒滿茶的伊卡之

旅杯子，放到紫語面前。

一室濃郁的茶香，滲滿整個學生會會室呢！

CASE 5
CLOSED

CASE
6

《糖果屋密室殺人案》

推理學會白菲菲的屍體，
在反鎖的糖果屋內被發現，
而最大的嫌疑犯，竟然是智文？
推理七公主再次面臨大危機，
究竟小綾能不能夠幫助智文洗脫嫌疑呢？
這次殺人事件轟動全校，
似乎藏有更驚人的秘密！

已經出版

聖迷迭香書院

推理七公主

CASE 5

假會長蒙面人之合謀

作者	卡特
繪畫	魂魂 SOUL
策劃	余兒
編輯	小尾
設計	Zaku Choi
出版	創造館 CREATION CABIN LIMITED 荃灣美環街 1 號時貿中心 604 室
電話	3158 0918
聯絡	creationcabinhk@gmail.com
發行	泛華發行代理有限公司 將軍澳工業邨駿昌街七號二樓
印刷	高科技印刷集團有限公司 葵涌和宜合道109號長榮工業大廈6樓
出版日期	第一版 2021 年 2 月 第三版 2022 年 12 月
ISBN	978-988-75065-2-2
定價	$68

出版： 　　　製作：